이생글 소설집

너무 가까운 오해

너무 먼 이해

목차

목차-----9

ㅅㅅ-----11

남피끼------23

운수 좋은 날------59

공원------85

작가의 말 ------135

人人

아,
진짜
궁금해서
미치겠다.

나와 절절하게 썸을 타는 아랫마을 막순이의 상메가 심상치 않다. 오늘 즐거운 데이트를 하고 돌아와서 보니 막순이의 상메가 "ㅅㅅ"으로 바뀌어 있다. 웃고 있는 건가. 아니면 어떤 단어를 일부러 연상하게 하는 건가. 아이참. 정말 궁금하다. 내일 막순이를 만나면 물어봐야지.

만나기로 했던 막순이가 약속 장소에 나오지도 않고, 연락이 되지도 않았다. 마음이 타들어 갔지만 막순이에게 보낸 내 톡의 1은 야속하게도 사라지지 않았다. 시옷시옷에 뭔가 비밀이 숨겨져 있었던걸까? 이 단어를 맞추어야 막순이는 나를 만나주는 것이었을까?

정처 없이 약속 장소 근처를 떠돌다가

대충 안면만 알고 있는 개똥이와 마주쳤다. 개똥이는 나를 보고 잠시 흠칫하더니 이내 자연스러운 척 자리를 뜨려고 했다. 수상한 냄새가 나서 개똥이를 불러 세우고 혹시 막순이가 지금 어디 있는지 알고 있느냐고 물었다. 개똥이는 난감한 얼굴로 모른다고 대답했다. 개똥이를 잘잘 흔들어 제끼면 뭔가 나올 것도 같았다. 하지만 멱살을 잡지도 않았는데 벌써 울상이 된 개똥이가 가엾어 그냥 모른다는 대답을 믿어주기로 했다.

  마음이 심란해 냇가에 앉아 먼 산을 바라보며 막순이와의 시간들을 더듬어 보았다. 혹시, 내가 진도를 덜 빼서 막순이가 내게 언질을 주는 건가. 시옷시옷이 넌지시 알려주는게 정말로 섹스인가. 썸

타는 이틀의 시간 동안 손만 잡은 게 그렇게 답답했던 걸까. 하지만 막순이는 내가 입 맞추려고 하면 기겁하고 도망쳤었는데. 마음이 더 심란해졌다. 막순이에게 섹스라고 톡 해볼까. 어느덧 해가 저물었다. 터덜터덜 집으로 돌아가며 막순이의 상메를 확인해봤지만, 여전히 시옷시옷. 집에 도착해서도 한참을 생각해봤다. 하지만 정말로 떠오르는 게 없어 눈물이 날 지경이었다. 막순이에게 다시 한번 연락을 해보았다. 하지만 역시 전화를 받지 않았다. 내가 보낸 톡은 여전히 1이 붙어 있었다. 막순아, 무슨 일이야. 톡 보면 꼭 연락줘. 라고 다시 한번 보냈다. 막순이가 실수로라도 열어보지 않을까. 섹스라고 보내볼까. 아 근데 섹스가 정답이 아니면 어떡하지. 아 근데 섹스 맞는 거 같기도 한데. 입맞춤은 그냥 부끄러워 피했던 것 아니었을까. 그렇게 꼬박 밤을 새워버렸다.

동이 트자마자 답답한 마음에 아랫마을로 달려갔다. 막순이네 집이 어딘지는 몰랐지만, 동네를 어슬렁거리다 보면 막순이의 막자라도 만날 수 있지 않을까.

어스름한 동네를 어슬렁거리고 있는데 바둑이와 산책 나온 막순이 친구 말자와 만났다. 말자야! 불렀는데 말자는 나를 보고 오잉 하는 표정을 지었다. 바둑이는 나를 보고 짖었다. 바둑이 입마개 필수. 그냥 지나치려고 하는 말자를 억지로 불러 세웠다. 막순이가 어제부터 연락이 되

지 않는다. 그런데 막순이의 상태 메세지
는 시옷시옷이다. 혹시 이것에 대해 아는
것이 있는지 물었다.

말자는 웃기만 했다. 어렵게 그것이 섹스일까, 하고 말끝을 흐리며 물었다.

말자는 더 크게 웃었다. 미친놈이라고 하고 가던 길을 갔다. 섹스는 오답이었나 보다.

 돌아오는 길에 다시 개똥이를 만났다. 이번엔 짤짤 흔들어 볼 요량으로 개똥이에게 다가갔다. 개똥이는 오금을 구부정하게 오므리며 눈을 질끈 감았다. 그것이 또 안쓰러워 멱살을 잡지는 않았다. 슬며시 눈을 뜬 개똥이는 조금은 의외라는 표정으로 나를 쳐다봤다. 단도직입적으로 막순이의 상메에 대해 물었다. 개똥이는 머뭇거리며 ㅅ....라고만 했다. 뭔가를 알고 있는 걸까. 한 번 더 물어보았다. 개똥이는 한숨을 쉬며 거울을 보라고 했다. 거울? 도대체 무슨 소린지 모르겠다.

이젠 자포자기의 심정이 되어 막순이에게 "섹스"라고 톡을 보냈다. 그냥 이게 정답이라 물레방앗간으로 가면 좋겠다. 막순이의 상메는 "ㅅㅂ"로 바뀌었다.

남피끼

덮피기

0

 소란스럽던 체육관이 일순 싸해졌다. 갈 곳 잃은 셔틀콕은 콕 하고 바닥에 내리꽂혔고 학급 친구들의 시선은 내게로 와 꽂혔다. 내가 뭘 잘못했다고? 지금껏 본인들이 남에게 끼친 피해들은 생각도 못 하고 나를 정죄하는 눈빛을 보내다니. 친구들을 향해 고래고래 소리치고 싶은 것을 겨우 눌러 참고 있다.

어디서부터
잘못된 걸까?

남프기

내가
정말
잘못한 걸까?

1

 오늘은 내가 싫어하는 체육 시간이 있는 날이었다. 특별히 하는 활동도 없으면서 꼭 체육복으로 갈아입어야 하는 게 싫었다. 특히 지저분한 반 친구의 쉰내 나는 체육복이 사물함 밖으로 나와 존재감을 드러내는 게 제일 싫었다. 오늘도 어김없이, 김 아무개의 사물함이 열리자 역한 냄새가 풍겨 나왔다. 언제 빨았는지 모를 더러운 냄새에 그걸 덮어보겠다고 페브리즈를 열정적으로 뿌렸는지 쉰내와 향기가 시너지를 내 더욱더 역해졌다.

 우욱, 나도 모르게 새어 나오는 구역질을 참으며 얼른 내 체육복에 코를 묻었다. 황급히 교실을 나와 탈의실로 향하는데, 이 아무개가 나를 불러 세우며 내 체육복을 잠시만 빌려 달라고 했다. 내 대답을 듣지도 않고 이 아무개는 내 체육복 바지를 낚아채 가더니 얼굴을 갖다 대고 딥 브리딩을 했다. 내 체육복에선 김 아무개의 역한 냄새를 정화해주는 무언가가 있는 것 같다며 씩 웃었다. 봄날의 따뜻한 햇볕 냄새가 난다나 뭐라나. 그런 이 아무개가 돌려준 흐트러진 체육복 바지에는 선크림인지 뭔지 모를 화장품이 노랗게 묻어있었다. 우웅, 하며 살짝 꿀렁 하는 나를 보고 이 아무개는 계속 김 아무개의 냄새에 대해 뭐라 뭐라 씨불였다.

정말, 내게 왜들 이러는 거지? 남에게

피해를 주지 않고 사는 것이 그렇게 힘든 일인가? 왜 사람들은 배려심이 이렇게 없는 걸까.

1. 땀배 젖은 체육복을 집으로 들고 간다.
2. 세탁기에 넣고 돌린다.
3. 잘 말려서 학교로 가져온다.
(겁나 쉬워)

1. 친구의 무언가를 빌릴 땐 친구의 의사를 확인한다.
2. 친구가 정확히 YES라고 하면 빌려 간다.
3. 빌려 간 무언가는 빌려 가기 전과 똑같은
   상태로 만들어서 가능한 한 빨리 돌려준다.
(망할 이게 어렵나)

두어 번의 구역질을 참으며 언젠가 책으로 내고 싶은 '남에게 피해를 끼치지 않는 법(이하 남피끼)'의 N 번째 장을 완성했다.

"아영아! 미간을 왜 이렇게 찌푸리고 있어? 바지는 안 입어?"

나를 부르는 다은이의 말에 번득 정신이 들었다. 미간을 손가락으로 매만지며 마음속에 펼쳐 둔 남피끼도 덮어두었다. 적어도 다은이는 남피끼에 빈번하게 등장하는 아무개들과는 다른 존재니까 잠시 덮어두어도 되겠지.

깨끗하고 정갈한 느낌에 배려가 몸에 잘 밴 아이. 아무개들로 들끓는 교실에서 만난 보배 같은 친구. 아 물론 가끔 이마에 붙어있는 앞머리가 신경 쓰이긴 하지만 남피끼에 적을만한 일은 아니니까 괜찮아.

서둘러 아랫도리도 체육복 바지로 갈아입고 체육관으로 향했다. 체육복 바지는 물티슈로 백만 번은 문지른 탓에 무릎이 젖어 찝찝했다. 정말 싫다.

2

"오늘 수업 자율!"

체육 선생님은 코빼기도 보이지 않고 체육 선생님의 사자, 반장이 대신 말을 전했다. 반장은 성격도 좋고 생긴 것도 반반해서 친구들에게도 평판이 나쁘지 않았다. 리더십을 갖추었지만 무례하지 않은 어른스러운 남학생이었다. 하지만…….

"야, 우아영. 자율인데 너는 뭐할 거? 배드민턴 칠래? 아니면 농구?"

때때로 나에게 불필요하게 말을 많이 걸었고, 한 번 말을 걸면 말이 길어졌다. 무엇보다 반장은,

구취가 심했다.

대화하는 세 번 중에 한 번은 꼭 구취가 났다. 말을 많이 거는 것은 크게 문제가 되지 않지만, 구취가 나는 상태에서 말이 길어지는 것은 정말로 곤란하다. 이번 대화는 구취 당첨이었다. 우욱, 제발 내 앞에서 그 입 좀 다물어줘.

"우욱, 흐응, 글쎄……."

대답을 흐리며(구역질을 참느라 제대로 대답을 할 수 없었다.) 황급히 다은이가 있는 쪽으로 자리를 옮겼다. 내 뒤통수를 따라오는 반장의 눈길이 느껴졌지만 내 비위는 김 아무개와 이 아무개로 이미 너덜너덜한 상태라 반장의 구취까지 버텨낼 힘이 없었다.

1. 칫솔에 치약을 묻힌다.
2. 이를 닦는다.
3. 하루 3번 3분씩.
(유치원 안 다녔냐고)

"아영아, 너 왜 또 미간을 찌푸리고 있어? 뭐 할지 정했어?"

민트향이 나는 다은이의 숨결에 '다은아, 나 남피끼를 반나절 동안 이만큼이나 완성했어.' 하고 하소연하고 싶은 마음이 솟구쳤다. 하지만 다은이의 깊은 배려심이라면 이 모든 상황들마저 괜찮다고 웃어넘길지도 모른다는 생각에 말을 삼켰다.

다시 한번 잔뜩 주름진 미간을 손가락

으로 매만지며 배드민턴 순서를 기다리는 무리 사이로 들어갔다. 아무것도 하고 있지 않다는 것을 반장에게 들켰다가는, 어휴 끔찍해. 동태를 살피기 위해 반장 쪽으로 고개를 돌리려고 했지만, 고개를 끝까지 돌리지 않아도 알 수 있었다. 반장은 여전히 나를 보고 있었다. 아, 제발.

3

자율에 맡겨진 체육 시간에 학급 친구들은 무리를 지어서 농구를 하기도 했고 피구를 하기도 했다. 삼삼오오 모여 잡담을 나누거나 혼자서 줄넘기를 하기도 했다. 하지만 그중에 단연 인기가 높았던 것은 배드민턴이었는데 채가 한 벌 뿐이라 희소했기 때문인 것 같다. 배드민턴은 암묵적으로 한 사람당 10분 정도의 시간이 주어졌다. 하지만 한참을 줄 서서 기다려놓고는 막상 10분을 다 채우는 친구는 몇 없었다. 파트너와의 온도도 달라 한 사람이 10분을 다 채우는 동안 파트너가 두 번, 세 번씩 바뀌는 경우도 더러 있었다.

반장을 피해 사람 많은 쪽으로 줄을 선 것뿐이지 딱히 배드민턴이 하고 싶었던 것은 아니었다. 흘깃 훔쳐본 반장은 다행히도 다른 친구와의 농구에 집중하고 있었다. 농구 코트와 제법 거리가 있었지만, 반장의 거친 날숨을 보고 황급히 고개를 돌렸다.

"반장 너무 멋있어."

순간 귀를 의심했다. 목소리의 주인공은 수아였다. 깜짝 놀라 쳐다보는 내 표정이 요상했는지 수아도 이상한 표정으로 나를 봤다. 오가는 눈빛에 잠깐 침묵이 흘렀다. 먼저 시선을 거둔 것은 수아였다. 왜인지 수아는 얼굴이 붉어졌고 단짝 아무개랑 귓속말을 주고받더니 함께 자리를 떴다. 구취 나는 반장을 좋아하는 걸 들킨 것이 부끄러워서였을까. 남피끼에 수아의 분량은 비교적 적은 편이었다. 자습 시간에 떠드는 것, 관심 없는 이야기를 일방적으로 늘어놓는 것, 일방적으로 늘어놓는 이야기는 대부분 남의 이야기라는 것. 내게 끼치는 피해도 그렇게 치명적이지 않았다. 참을성 있게 한 귀로 흘리고 있으면 언젠가는 끝이 났고 호응을 얻지 못하면 빈도는 점점 줄어들었으니까.

1. 이야기를 나눌 때 상대방도 대화 의사가 있는지 확인한다.
2. 이야기에 흥미 없는 상대방에게는 요점만 말한다.
3. 남 이야기를 하려면 혼잣말로 한다.
(나는 언제나 대화 의사 없음)

그나저나 수아네가 떠나는 바람에 배드민턴 대기 순서는 내가 첫 번째가 되었다. 다시 한번 말하지만, 딱히 배드민턴이 하고 싶었던 것은 아니었다. 하지만 막상 내 차례라고 생각하니 신이 났다. 원래였다면 최소 5분은 더 기다렸어야 했을 텐데 앞 순서였던 사람이 두 명이나 사라져주다니. 착하게 살고 볼 일이야, 럭키 미!

4

 배드민턴을 하는 녀석들은 사뭇 진지하게 스윙을 했다. 그들의 경기 시간은 5분을 채우고 있었다. 평소 요행을 바라는 성격은 아니지만, 저 녀석들이 돌연 경기를 그만두고 배드민턴 채를 넘겼으면 좋겠다고 생각했다. 내 뒤에는 다은이가 기다리고 있었다. 다은이랑 함께 칠 수 있겠지? 다은이와 눈이 마주쳤고 우리는 싱긋 웃었다.

그들의 경기가 끝이 났다. 안타깝게도 한 명은 10분을 꽉 채울 요량이었는지 우리 쪽을 쳐다만 봤고 다른 한 명만 채를 들고 대기 줄로 다가왔다. 채를 들고 다가오는 녀석은 영웅이었다. 히어로라서 영웅이 아니고, 영웅이라는 이름의 남학생이었다. 영웅이는 남피끼에 주로 허세 범주에 이름이 올라있었다. 좀 재수는 없지만, 이 또한 무시하면 그만인 것이었다. 물론 다은이와 비교 할 수준은 못 되었지만 도가 지나친 아무개들보다는 나은 편이었다.

영웅이는 우리 쪽으로 오다가 다은이를 보고 흠칫 놀랐다. 귀가 빨개지더니 다은이 쪽을 제대로 못 봤다. 영웅이는 항상 다은이를 보면 그랬다. 까슬까슬한 까까머리를 하고는 제법 수줍어했다. 그러거나 말거나 배드민턴 채를 낚아채기 위해 손을 뻗었는데,

"저, 정다은. 너 배드민턴 쳐."

영웅이는 채를 다은이에게 넘겼다. 이봐, 친구야. 순서는 나라고. 다은아? 황망히 뻗은 손을 거둬들이는 것도 잊은 채 눈을 동그랗게 뜨고 다은이를 쳐다봤다. 다은이는 나를 보고 잠시 머뭇거리더니 그 채를 받아들었다. 고개를 돌려 안영웅을 쳐다봤지만 안영웅은 하트뿅뿅인 시

선을 다은이에게서 거두지 못했다. 나는 안중에도 없었다.

 속에서 부아가 치밀었다. 믿었던 정다은이 내 발등을 찍다니. 사람들 앞에서 무시당한 설움이 북받쳤다. 하지만 진흙 위에 피어난 연꽃이라 여겼던 정다은도 결국은 아무개들과 다를 것 없었다는 것이 더 큰 충격으로 다가왔다. 남에게 피해를 끼치지 않는 삶을 위해 노력하는 사람이 나 밖엔 없는 걸까? 왜 사람들은 배려심이 이렇게 없는 걸까? 누군가를 좋아한다는 이유로 다른 사람에게 피해를 줄 수 있는 거냐고!

 주변의 친구들이 수군거렸다.

 영웅이가 다은이 좋아하는 건 알고 있

었지만 이 정도면 다은이도 영웅이 좋아하는 거 아니야? 헐 대박 사건. 커플 탄생? 근데 아영이 좀 민망하겠다. 누가 우아영 손 좀 잡아줘야 하는 거 아니야? 깔깔.

1. 질서를 하
2. 지키자, 엎병할
3. 열 받아서 못쓰겠네.
(저 잡것들 가만 안 둬)

5

정신을 차려보니 나는 체육관 구석 벽

을 짚고 서 있었다. 겨우 고개를 들어 보니 무슨 일이 있었냐는 듯 즐겁게 배드민턴을 치고 있는 정다은이 보였다. 그 옆에서 정다은을 열심히 가르치며 중간중간 정다은의 파트너에게 눈치를 주는 안영웅도 보였다. 그 눈치에 화답하듯 일부러 저주고 있는 아무개의 모양새까지 본 나는 우욱, 우욱, 우욱, 구역질이 났다. 망할 년놈들. 배드민턴 대기 줄은 또 한 명의 대기자가 이탈한 사실이 즐겁기만 한지 자기네들끼리 깔깔거리며 내 쪽으로는 눈길 한 번 주지 않았다. 이제 어떻게 해야 할까. 다가가서 정다은 배드민턴 채를 빼앗아 패대기를 칠까? 아니면 머리채를 잡을까? 안영웅 바지를 내려버려야겠다. 저기 줄 서 있는 방관자들 머리통도 세게 두드려야지.

"야, 우아영."

정다은을 노려보며 족칠 궁리를 하는 내 앞에 수아가 나타났다. 단짝 아무개도 함께였다.

"왜?"

"너 지금 뭐 봐?"

망할 년놈들을 보고 있어. 라는 말이 튀어나오려고 해 힘겹게 년놈들을 향해 턱짓했다.

"역시. 역시 너도 반장 좋아하는구나?"

"우욱?"

예상치 못한 말에 진짜로 꿀렁, 위를

비워낼 뻔했다. 입가를 훔치며 내가 턱짓한 쪽을 바라봤는데 간발의 각도차로 농구코트가 있었다. 홀리 쉿.

"너 아까도 반장 빤히 보고, 진짜로 반장 좋아해?"

"아니, 나는······."

"너 수아가 반장 좋아하는 거 몰라? 아냐고 모르냐고!"

옆에 있던 설수아의 졸개가 거들었고 덕분에 나는 대답할 틈을 잃었다.

"야, 너 왜 대답 안 해? 왜 대답 안 하냐고! 너 진짜로 반장 좋아하냐고오옥!"

아뿔싸. 말할 틈을 주지 않아서 말을

못 했을 뿐인데 제멋대로 깊게 빠친 설수아는 소리를 질렀다. 그 소리는 메아리가 되어 체육관을 울렸다. 농구공이 통, 통 굴러가는 소리와 함께 이쪽을 바라보는 반장과 눈이 마주쳤다. 반장은 천천히 우리가 있는 쪽으로 다가왔다.

"나 반장 좋아하는 거 아니야."

"그럼 뭔데!"

뒤늦은 해명을 했지만 이미 엎질러진 물이었다. 설수아는 내 말을 믿으려고 하지 않았고 반장은 점점 가까워졌다. 머리가 아팠다. 이미 너무 긴 하루였다. 어디서부터 써야 할지 막막해 언제부턴가 남피끼도 감히 펼쳐질 못했다.

"야, 설수아. 지금 뭐 하는 거야?"

어느덧 거리를 좁힌 반장이 설수아를 저지했다. 화가 난 듯했지만 입은 묘하게 웃고 있었다.

"아영하, 다하른데헤로 가자하."

반장은 강한 날숨과 함께 내 손을 잡아끌었다. 역한 구취가 내 코를 강타했다. 삐- 하고 머리가 하얘졌다. 치약에, 치약에 칫솔을 묻힌다. 나는, 나는 더는 참을 수 없었다.

"시발"

"어?"

"시발, 입 냄새. 얼굴 저리 치워. 너 입

에서 똥내 나서 토 쏠려. 유치원 안 다녔어? 양치하는 거 못 배웠냐고. 설수아, 반장이 너한테 관심도 없어서 넌 반장 입냄새 나는지도 몰랐지? 좋았겠다. 나 반장 좋아하는 거 아니야. 반장은 니가 좋아하잖아. 반장 트럭으로 줘도 난 안 가져. 입냄새 나는걸 누가 가져. 그리고 나 너랑 말 섞는 거 진짜 싫어. 입만 열면 남 얘기하는 니 입도 존나 구려. 구린 입 둘이서 사랑하면 되겠네. 제발 나는 구린 관계에서 좀 빼주라."

속사포로 쏟아낸 내 말에 하얗게 질린 설수아는 주저앉아 울먹거렸고 얼굴이 시뻘게진 반장은 체육관을 뛰쳐나갔다.

꽝, 하고 닫히는 묵직한 철문 소리에

소란스럽던 체육관이 일순 싸해졌다.

6

 그들은 내게 사과하지 않았다. 하지만 내게는 사과하라고 성화였다. 참다못한 나는 그들의 만행을 하나하나 따지기로 했다.

 오늘의 남피끼 마수걸이, 김 아무개의 체육복 냄새로 운을 뗐다. 김 아무개는 자기의 이야기에 민망했는지 자기 체육복 냄새를 맡으며 체육관 밖으로 나갔다. 옆에 있던 누군가가 김 아무개는 할머니와 둘이 살고 있으며 할머니가 전기세와

물세가 아깝다고 세탁기를 두고 직접 손빨래하신다고 했다. 그래서 김 아무개는 빨랫감을 최대한 내지 않으려 한다고 했다.(이럴 수가)

1. 남에게 피해를 끼치는 사람에게 피치 못할 사정이 있을 수 있다.

내 체육복을 마음대로 들고 가 화장품 묻힌 이 아무개 이야기를 꺼냈다. 이 아무개는 불쾌하다고 얘기했으면 그러지 않았을 거라고 했다. 오늘 입은 내 체육복을 주면 깨끗하게 세탁해오겠다고 했다.

2. 남에게 피해를 끼치는 사람은 본인이
　　피해를 끼친다는 것을 모르고 있을 수 있다.

　이미 뛰쳐나가고 없는 반장의 구취에 관해 이야기 했다. 유치원 다니는 애들도 할 줄 아는 양치를 왜 하지 않느냐고. 몇몇 친구들은 그의 구취를 알고 있었으며 반장에게도 이야기했다고 했다. 반장은 신장질환이 있어 병원에 다니고 있었으며 신장질환은 구취가 날 수도 있다고 했다. 반장은 구강청결제를 늘 지니고 있었으며 특히 나한테 말 걸기 전에는 구강청결제로 입을 꼭 헹궜다고 했다. 세 번 중에 두 번은 구취가 나지 않았던 이유였다. (실제로 유치원도 안 다녔다고 했다.)

3. 피치 못할 사정과 무지에서 오는 실수를 고려하지 않고 비난하는 것은

울고 있는 설수아의 이야기도 꺼냈다. 나에게 반 친구들의 뒷말을 늘어놓은 것, 마음대로 반장에 대한 내 마음을 오해하고 난동을 부린 것. 설수아는 울먹이며 나와 친해지고 싶었다고 했다. 무슨 이야기를 꺼내도 흥미가 없어 보여 자신이 알고 있는 이야기를 한둘씩 꺼내다 보니 그렇게 된 것 같다고 했다. 계속 무시당하는 느낌에 기분이 나빴는데 자기가 짝사랑하는 반장과 내가 썸타는 줄 알고 감정

이 많이 격해졌다고 했다. (아니라고)

4. 낲에게 피해를 끼치는 방법이 될 수 있다.

 그리고 정다은. 정다은에게 안영웅이 내미는 배드민턴 채를 왜 거절하지 않았는지 물었다. 정다은은 자신에게 호의를 보이는 안영웅에게 무안을 주기 미안했다고 했다. (안영웅은 얼굴이 빨개졌다) 덧붙여 배려심 많고 남에게 피해를 끼치기 싫어하는 아영이라면 이해해줄 거라 생각했다고 답했다.

 그들은 매 순간 인상 쓰고 있는 나에게 상처를 많이 받았으며 눈치를 보고 있다고 했다. 본인들이 피해자라고 했다. 울고 있는 수아를 보았고, 뛰쳐나간 반장과 빠르게 걸어 나간 김 아무개를 떠올렸다. 나를 둘러싸고 있는 반 친구들을 둘러보았다.

1. 남에게 피해를 끼치는 사람에게
   피치못할 사정이 있을 수 있다.

2. 남에게 피해를 끼치는 사람은
   본인이 피해를 끼친다는 것을
   모르고 있을 수 있다.

3. 피치 못할 사정과 무지에서 오는 실수를
   고려하지 않고 비난하는 것은

돌보기

4. 남에게 피해를 끼치는 방법이 될 수 있다.
(남에게 피해를 끼치지 않는 법)

"모두에게, 미안해."

무엇에 대한 사과인지 정리되지 않은 채로 마른 사과를 했다. 늘 피해를 보고 있다고 생각했는데 하루아침에 가해의 자리에 있었다. 혼란스러웠다. 어디서부터 잘못된 걸까? 내가 정말 잘못한 걸까?

정다은과 눈이 마주쳤다. '미간 좀 펴'라는 입 모양과 함께 정다은의 얼굴에 조소가 스쳤고 수업의 종료를 알리는 종이 울렸다.

운수 좋은 날

온수 좋은 날

오늘은 비가 추적추적 내리는 날도 아니었고, 찬바람이 불지도 않았다. 날씨는 하늘이 체육대회를 하라고 내려준 날씨인 것 마냥 구름 껴 시원했다. 최근 부쩍 더워진 초여름에는 있기 힘든 쾌적한 날씨다. 요즘 극성이던 미세먼지 농도도 오늘만큼은 양호해서 평소엔 보이지 않던 먼 곳의 빌딩들도 보인다. 죽어라 뛰고 있는데도 시원한 바람에 상쾌하다. 비죽 웃음이 튀어 나온다. 내 꼴은 이 지경인데, 상황은 이토록 최적이라니. 아이러니하다.

나는 지금 뛰고 있다. 무엇이 나를 이토록 뛰게 만들었을까. 어디서부터 잘못된 건지 곰곰이 생각해봐도 잘못된 건 전혀 없다. 그게 문제다. 문제없음의 문제.

최고라서 최악. 지금 이 위기의 순간에도 나는 누구하나 원망 할 수 없다. 누굴 꼭 원망해야 한다면 내게 너무 과분한 하루였음에도 의심 없이 모든 행운을 씹어 삼킨 나 자신을 원망해야하겠지.

 나무들 사이로 저 멀리, 내가 그토록 원하는 초록색의 공공화장실이 보인다. 그냥 생각 없이 낯선 길로 냅다 뛰었는데 내 발걸음을 화장실로 인도해준 신에게 감사를 해야 하나.

 화장실이 점점 가까워 오지만 내 다리의 힘 역시 점점 풀리고 있다. 힘을 내야 한다. 팽팽한 괄약근의 긴장도 아차하면 풀려버릴 것 같다. 식은땀이 난다. 머리가 어지럽다. 의식이 혼미해지려 한다.

하지만 마지막 힘을 다해 달리고, 달리고, 또 달려야만 한다.

오늘 하루가 주마등처럼 스쳐지나간다. 차라리 비가 추적추적 내렸더라면, 내가 체육대회에서 활약을 하지 않았더라면, 내게 온 결정적인 슛 찬스를 그냥 모른 체 했더라면.

그녀가 준 우유를 먹지 않았더라면!

-

인생의 그래프를 그리라면 직선 하나

로 그래프를 완성할 수 있을 만큼 특별한 사고도, 인생의 황금기도 없이 지내던 나였다. 그럭저럭 안분지족하며 만족스럽게 지내고 있었는데 그런 나에게도 특별한 사람이 되고 싶게 만드는 사람이 나타났다. 같은 회사에서 근무하고 있는 인영씨. 비록 다른 부서였지만 회사가 그리 크지 않아서 같은 층을 쓰면서 안면을 텄다. 마침 나와 같은 부서의 동수와 동창이라 인사 정도는 하고 지내는 사이가 되었다. 그녀는 두드러지는 매력은 없었지만 눈이 마주칠 때마다 따듯하게 웃어주었는데, 그 웃는 얼굴에 어느새 내 마음이 설레버린 것이다. 차분함과 따뜻함이 느껴지는 상냥한 사람. 그녀를 떠올리면 나도 모르게 웃음이 나왔다.

그런 나의 마음과는 별개로 인영씨와의 관계는 같은 층을 쓰는 동료 이상으로는 발전하는 법이 없었는데, 나는 다른 부서니까 더 가까워질 수 없는 것이 당연하다고 생각했다. 이렇게 인사하고 지내는 것만으로도 나에게는 감지덕지였다. 그런데 나와 인영씨와는 또 다른 부서, 심지어 다른 층, 에 근무하는 홍기라는 놈과 인영씨가 부쩍 자주 붙어다니는 게 아닌가? 홍기는 나랑 입사 시기는 비슷하면서 능력이 좋아 자기네 부서의 차기 팀장 후보로 인정받는 놈이었다.

그제야 깨달았다. 인영씨와 더 친밀해질 수 없었던 것은 내가 다른 부서라서가 아니라 내가 밋밋해서였다는 것을. 나는 조금 더 특별해지고 싶었다.

그때부터 평범함과 밋밋함을 탈피해보고자 노력했지만, 삼십년 가까이 그저 그렇게 살았기에 어디서부터 손을 써야할지 몰랐다. 내가 애쓸수록 비범해질 능력 따위는 내게 없다는 것을 몸소 느낄 뿐이었다.

  상사의 인정을 받아보고자 평소보다 더 노력해서 만든 보고서는 "음, 좋아. 나쁘지 않군." 이라는 반응이었고, 그 결과에 허탈해서 대충 발로 써서 제출한 보고서의 피드백도 "음, 나쁘지 않아." 였다.

내겐 잘하거나 못할 능력은 없고 오로지 그저 그럴 수밖에 없는 능력만이 있었다.

인영씨에게 비범함으로 다가가려 했는데, 뜻대로 되지 않아 발만 동동 구르는 나를 딱하게 여긴 동수가 인영씨가 있는 자리에 종종 나를 불러주기도 했다. 하지만 적당히 재밌는 자리였을 뿐 인영씨에게 어떤 감명도 줄 수 없었던 듯하다. 인영씨는 나와의 자리를 피하지도, 그렇다고 나와의 만남을 기대하며 기다리는 눈치는 아니었으니까.

그렇게 인영씨와의 관계에 정체가 지속되고 있던 중에 회사의 단합을 위한 체육대회가 공지로 떴다. 사람이 적은 부서가 모여 한 팀이 되었는데, 웬일로 그녀의 부서와 우리 부서가 같은 팀이 되었다. 이건 이십구 년 동안 나쁜 짓 하지 않고(물론 특별히 선행을 베푼 것은 아니지만) 살아온 것에 대한 신이 내린 선물임이 틀림없었다. 이건 신이 주신 기회. 동료들은 무슨 체육대회냐며 투덜댔지만 나는 체육대회에 내 사활을 걸 각오를 했고 매일 밤 체육대회를 위해 몸을 단련했다.

드디어 오늘, 결전의 날이 밝았다. 장소는 강기슭의 작은 체육공원. 적당히 구름 낀 날씨에 파릇파릇한 잔디가 마치 나를 위해 마련되어 있는 무대처럼 느껴졌다. 평소와는 달리 몸이 가뿐한 것이 기분이 좋았다.

줄다리기, 공굴리기, 그런 자잘한 단체경기쯤이야 넌센스. 나의 평소 평범한 실력대로만 해도 남에게 폐 끼치지 않고 무사히 치러 낼 수 있었다. 중요한건 누군가의 활약이 돋보이는 구기 종목들이었다. 체육대회 팀 편성 발표가 있었던 그 날부터 오늘을 위해 밤마다 공원에서 구보를 뛰고 공놀이를 해오지 않았던가. 오늘의 에이스가 되어서 당당하게 인영씨의 시선을 독차지 하겠다는 다짐에 불타올랐다.

나의 노력의 결과인지, 간절한 나의 기도에 대한 응답인지 구기 종목 경기를 할 때마다 결정적인 득점 찬스는 내게로 왔고 묘하게도 나는 해냈다. 발을 헛디디다 득점하기도 했지만 실수든 실력이든 그건 중요한 게 아니었다. 그렇게 한 종목씩, 한 경기씩 이길 때 마다 승자의 부스

에는 부상이 주어졌는데 대부분 먹거리들이었다. 과일이나 음료에서부터 치킨, 피자, 보쌈, 족발……. 쌓여가는 먹거리들을 보며 팀원들의 시선이 내게로 집중되는 것이 느껴졌다. 그들은 모두 내게 고마워했다. 자, 모두들 사양 말고 들어요. 이것이 나의 능력이건, 우연이건 상관없었다. 인영씨가 평소와는 다른 눈빛으로 나를 보는 것만으로도 충분했다.

　장애물 달리기를 위해 조마다 선수들이 차출되었다. 단연 오늘의 에이스인 내가 빠질 수 없지. 그렇게 차출되어 출발선에 섰는데, 내 옆에는 나의 상승세로 인해 심기가 불편해 보이는 홍기놈이 사뭇 진지한 얼굴로 달릴 자세를 취하고 있었다. 오늘의 분위기상 1등은 나여야만 했다. 그러나 내 달리기 실력은 운동회 때 선물도 받지 못하는 4등에 수렴하는 실력이었고 홍기놈은 업무 능력만큼이나 뛰어난 달리기 실력을 가지고 있었다. 미션 쪽지가 있는 지점까지 나는 어렵사리 3등이었고 홍기놈은 1등이었다. 내가 고른 미션 쪽지에는 색종이로 비행기를 접어서 날리는 미션이 적혀있었다. 잽싸게 접어서 날리고 냅다 뛰는데 홍기놈은 여전히 색종이를 잡고 씨름하고 있었다. 알고 보니 홍기놈의 미션은 색종이로 학을 접는 것이었다. 사랑스러운 이 변수에 나는 처음으로 '(장애물) 달리기'에 큰 호감을 느꼈다. 멋지게 날아가는 내 종이비행기를 보던 홍기놈의 표정이란. 나는 유유히 1등으로 결승선을 통과했고 세부사정이야 관심도 없는 수많은 관중들에겐 모두 날 다시 봤다는 표정만이 서려있었다.

인영씨는 나를 어떤 눈빛으로 보고 있을까? 잔뜩 기대하며 두리번거리는데, 저 멀리서 인영씨가 다가왔다. 인영씨는 수줍어하며 내게 우유 한 팩을 건넸다. 인영씨에게 강한 모습으로 어필하고 싶었던 나는 차디찬 우유를 원샷했다. '너무 멋져요. 진호씨' 라고 그녀의 눈이 말하는 듯 했다.

평소에 날 거들떠보지 않던 팀장도 내게 와서 어깨를 두드렸다. '자넨 우리 팀의 에이스야. 나아가서, 우리 회사의 에이스인거야!' 그의 눈이 말했고 '압니다. 알아'라고 눈빛으로 대답해주었다. 인영씨 앞에서 팀장에게 인정받는 모습을 보여주다니.

나의 이십구 년은 바로 오늘을 위해서 그토록 잔잔하게 흘러온 것이었던가.

그렇게 인영씨와 나란히 앉아 도란도란 이야기를 나누는데 뒤에서 누군가 진호씨, 하고 나를 불렀다. 돌아보니 지원씨가 서있었는데, 그녀는 홍기놈이 속해 있는 부서 내에서 세련되고 예뻐서 인기가 많기로 유명했다. 그녀는 "어우, 진호씨 다시 봤어. 운동 이렇게 잘하는 줄 몰랐잖아? 오늘 너무 멋지다." 라며 음료를 내밀었다. 그 순간 인영씨의 얼굴 표정이 어두워졌다. 아, 왔구나. 내 인생의 정점이 이제야 왔구나. 질투하는 인영씨를 보며 속으로 쾌재를 불렀다.

그래. 이때까지는 인생에서 최고의 순간이었다. 인생을 뒤집어 봐도 오늘만큼 행복한 순간은 없었다. 평범에서 비범으로 새로 태어나는 기분이었다. 인영씨가 이미 나의 연인이 된 듯했다.

하지만 내 인생에 행운은 제로섬이었던 걸까. 체육대회의 하이라이트인 축구 결승 경기를 앞두고 내 행운에는 균열이 생기기 시작했다. 경기에 이겨서 받아먹은 기름진 음식들과 인영씨가 줬던 찬 우유(평소 기름진 음식과 우유는 속에서 잘 안 받았다.) 때문에 아랫배가 싸해 왔다. 그런 나의 낌새를 알 리가 없는 동수는 "진호, 이번 경기에도 너만 믿는다."라며 내 등을 문질렀다. 그의 따뜻한 손길은 지금 당장 화장실로 출발해도 모자람 없는 싸한 배변감을 증폭시켰다. 배가 좀 아프니 이번 경기는 좀 빼주면 안될까. 라고 말하고 싶었는데, 동수가 은근히 다가와서 "야, 너 골 넣으면 인영씨랑

단둘이 만나게 해줄게."라고 속삭였다. "문제없어. 나만 믿어." 절로 튀어나온 대답이었다. 인영씨와 둘만의 데이트를 생각하니 아랫배가 점점 잦아들었다. 마침 상대편의 골키퍼는 홍기놈이었다. 그래, 나만 믿자. 나는 씩씩하게 운동장으로 뛰어 들어갔다.

 불행의 시작이었다. 경기 중에도 가끔씩 찾아오는 위기들로 나는 달리다가도 주춤할 수밖에 없었고 하체에 갖은 정신을 집중하느라 공을 쫓을 여력이 없었다. 그러나 하필 오늘의 에이스로 급부상했던 나에게 동료들의 패스가 몰리는 것은 막을 수 없었다. '이번에도 부탁해, 진호씨' 동료들의 즐거운 눈빛들. 나만 빼고 즐거운 얼굴들. 나의 행운을 아무와도 나누지 않아서 인지 나의 불행은 외로운 것이었다.

 이미 차갑고 싸한 배에 식은땀을 흘리며 자세조차 엉거주춤해진 나에게 우연히(젠장, 운 좋게도!) 슛 찬스가 찾아왔다. 짧은 순간이었지만 이 공을 힘껏 차게 된다면 나는 무사하지 않을 것이란 생각이 스쳤다. 하지만 내 시야에 들어온 것은 두 손 꼭 모아 나를 응원하고 있는 인영씨였다. 기합이 잔뜩 들어간 홍기놈의 얼굴도 보였다. 나는 눈을 질끈 감고 혼을 실어 공을 찼다. 혼을 다하긴 했으나 나의 하체는 이미 나의 것이 아니었다. 공에 전달된 힘이라곤 나의 남아있는 의식만큼이나 약한 힘이었다. 그것이 도리어 홍기놈의 예상을 뒤엎는 것이라 내

공은 한 박자 늦게 골대로 갔다. 미리 몸을 멀리 뻗어버린 그를 놀리듯 천천히 굴러간 공은 수줍게 골 그물을 터치했다.

골-인. 환호. 에이스의 득점을 축하해 주려 사람들은 공이 그물을 치는 것을 보곤 스트라이커를 찾았겠지. 하지만 나는 공을 참과 동시에 죽어라 뛰어서 이미 경기장을 벗어났다. 홍기놈의 일그러진 얼굴을 보지 못한 것이 아쉽지만 그 얼굴을 보려고 꾸물거렸다가는 모두가 보는 앞에서…….

나는 내가 찬 공보다 빠른 속도로 경기장 옆의 숲으로 몸을 날렸고, 지금까지 이렇게 뛰고 있다!

-

 나무들 사이로 보이는 공공화장실을 향해 열심히 뛰었다. 근처로 갈수록 구릿한 냄새가 났지만 그 냄새는 조금만 힘내면 된다는 격려의 냄새였다. 화장실까지 다섯 걸음을 앞두고 극한의 위기가 찾아왔다. 무릎을 꿇고 기도하는 심정으로 두 손을 꽉 쥐었다. 사지가 떨리는 와중에 화장실 문손잡이에 시선이 가 닿았다. 사용 중. 낭패다. 크게 심호흡을 하고 한 걸음, 한 걸음 기다시피 몸을 움직였다. 내 다급한 노크에 '사람 있어요.' 라는 느긋한 대답이 돌아왔다.

또 다른 화장실이 없을까 지푸라기라도 잡는 심정으로 주변을 살피는데 조금 떨어진 곳에서 인영씨가 눈에 들어왔다. 나무에 손을 짚고 숨을 고르고 있었다. 그녀는 내가 숯을 날렸을 때도 공을 보지 않았다. 어딘가 불편해 보이는 나를 걱정스럽게 보고 있다가 창백한 얼굴로 급히 사라지는 나를 따라왔던 것이다.

그녀와 눈이 마주쳤다. 순간 내가 악착같이 부여잡고 있던 무언가를 놓쳤다. 아랫배가 편해졌다. 그렇다는 것은 아랫배 외에 내 모든 것이 불편해질 거라는 뜻이겠지.

세상 시발.

어쩐지
운수가
좋더라니.

공원

안
면

"이 날씨에
나갔다고?"

전화기로 내 고막을 강타한 친구의 호통에 새삼 주변을 둘러보니, 음, 바람이 좀 과하게 불고 있긴 했다.

"내가 못 살아! 여자 혼자서, 이 야밤에, 이 날씨에! 무슨 생각이야?"

오늘 사무실에서 들었던 직장 상사의 모욕적인 언행 때문이라고 말하고 싶었는데,

"근데 나 지금 좀 급한 일이 있어서, 내가 조금 있다가 다시 전화할게."

라며 친구는 전화를 끊어버렸다. 하소연을 하고 싶었는데 호통만 들은 게 좀 억울했지만, 다시 전화 준다는 말을 믿어

보기로 했다. 대체 나의 하소연보다 급하고 중요한 일이 무엇이었을까?

친구의 말대로 날씨는 무시무시했다. 커다란 나무들이 막무가내로 흔들렸다. 하지만 오늘 상사에게 들은 '띨띨하다'는 단어가 자꾸 머리를 시끄럽게 울려대서 도무지 방구석에 있을 수 없었다. 상사는 평소에도 기분을 상하게 하는 말을 뱉어댔는데 그럴때 마다 산책을 하면 마음이 정리되곤 했다. 퇴사를 마음먹고 분한 마음에 길을 나서도 한참 걷다 보면 현실적인 이유로 '어휴, 내가 참자.'며 집으로 오게 되는 것이다. 월급만큼의 카드값이 매월 나가고 있었기에 퇴사는 바람직한 결론이 될 수 없었고, 오늘도 공원을 좀 걷고 싶었다.

귓가에 강력한 바람 소리가 스쳤다. 바람의 저항을 뚫고 앞으로 나아가기 위해 단전에 힘을 주어 걷고 있으니 번뇌도 사라지는 듯했다.

안면

"빡!"

"으악"

 갑자기 달려든 갈색 털 뭉치에 놀라서 주저앉고 말았다. 갈색 털 뭉치는 주저앉은 나를 맹렬히, 맹렬히 핥았다. 갈색 털 뭉치는 멋진 LED를 몸에 장식한 조그마한 갈색 푸들이었다. 땅만 보고 걷느라 이 화려한 친구를 미처 발견하지 못했던 것 같다. 번쩍거리는 장식만 있고, 목줄은 하지 않은 작은 친구의 보호자가 근처에 있는지 둘러보았지만, 딱히 보호자로 보이는 사람은 없었다.

 "저리 가."

 내가 상대할 생각이 없는 걸 알았는지 작은 친구는 총총거리며 어디론가 걸어갔다. 꼬리뼈가 욱신거렸다. 엉덩이를 털

며 겨우 일어났다. 화려하고 작은 털 뭉치의 보호자는 목줄을 놓친 걸까. 뒤늦게 걱정스러운 마음이 들었지만 작은 친구는 멋지게 번쩍이고 있으니까 찾으려면 금방 찾겠지. 덕분에 내가 무슨 생각을 하고 있었는지조차 기억나지 않았, 띨띨, 으면 좋았으련만. 산책은 좀 더 필요했다.

-

산책로를 따라 걷고 있으니 다행히 바람이 잦아들었다. 대문자 S 모양으로 빠르게 출렁이던 나무들이 소문자 s 모양으로 부드럽게 흔들리고 있었다. 비교적 상냥해진 바람을 맞으며 문득 기분이 좋아지려고 하는데 얼핏 오른쪽 시야로 수상한 그림자가 눈에 밟혔다. 아까는 강아지가 깜짝 등장하더니, 이제는 뭐야? 하며 오른쪽으로 고개를 돌렸는데, 사람이었다. 나무에 기대어 있는 사람은 나무 그림자 때문에 얼굴이 잘 보이지 않아 내 쪽을 향해 있는 건지, 뒷모습인지 구별이 쉽게 가지 않았다.

'여자 혼자서, 이 야밤에……'

친구의 말이 떠올라 고개를 정면으로 돌리고 천천히 걸음을 뗐다. 심장이 쿵덕쿵덕 뛰고 자꾸만 발걸음이 빨라지려고 했지만, 눈에 띌까 봐 되도록 자연스러운 걸음걸이가 되도록 노력했다. '자연스러운 것'을 의식했더니 원래 내가 어떻게 걸었는지조차 기억이 안 나 식은땀이 쭉 났다.

겨우겨우 자연스러운(것처럼 보이는) 걸음으로 이동하고 있는데 멀지 않은 곳에서 중년 여성들의 대화 소리가 들렸다. 사람'들'이 있는 것에 안심이 되어서 슬쩍 뒤를 돌아다봤다. 체감상 100m는 걸은 것 같았는데 이동 거리는 고작 10m 남짓인 것을 보고 놀랐다. 나무 밑 사람 그림자는 이미 사라지고 없었다. 착각이었던 걸까? 착각이었다 해도 이미 잔뜩 겁이 나버린 나는 서둘러 사람 소리가 나는 곳으로 걸음을 옮겼다.

소리를 따라 도착한 곳은 공원에 마련되어있는 작은 트랙이었다. 두 사람이 겨우 지나갈 수 있는 좁은 트랙이었지만 빨간 우레탄이 깔려있어 깔끔했다. 트랙 좌우로는 화단으로 꾸며져 있어 자연 친화적인 분위기가 풍겼다. 대화 중인 중년 여성 외에도 서너 명 정도가 트랙을 따라 걷거나 뛰고 있었다.

"무슨 상관이에요?"

핫핑크 티셔츠를 입은 사람이 앙칼지게 따졌다.

"다들 불편해하잖아요."

검은 티셔츠를 입은 사람이 대답했다.

나를 이끌어준 대화 소리는, 듣고 보니

대화라기보다는 다툼에 가까웠다. 어쩌면 나를 구해준 고마운 다툼이었기 때문에 나에게는 여기에 귀를 기울일 책임이 있었다. 멀뚱히 서서 볼 수는 없었기 때문에 자연스럽게 트랙에 합류해서 걸었다.

"누가 불편해한다고 그래요?"

"지금 아줌마 혼자 반대 방향으로 걷고 있잖아요. 부딪힌다고요."

"아무도 안 부딪혔거든!"

"왜 반말이야?"

"너는 왜 반말이야?"

"네가 먼저 반말했잖아!"

팽팽히 대립하는 둘의 대화에 트랙 위의 사람들의 이목이 집중되었다. 보아하니 핫핑크 티셔츠가 트랙을 시계방향으로 돌았고, 거기에 대고 검은 티셔츠가 한 소리한 모양이었다. 사람들의 이목이 집중된 것을 느꼈는지 핫핑크는 검정 티셔츠를 두고 시계 방향으로 다시 걷기 시작했다. 검정 티셔츠도 고개를 절레절레 흔들며 반시계방향으로 움직이기 시작했는데, 돌연 핫핑크가 돌아서서 외쳤다.

"시계 방향이 괜히 시계 방향이겠냐!"

혼자서만 시계 방향으로 돌고 있는 상황에서의 그 외침은 조금 우스웠다. 나 역시 트랙에 합류할 때 반시계방향으로 돌았는데 여러 사람이 그 방향으로 돌고 있기도 했지만 뭔가 더 익숙한 방향이라고 느껴졌기 때문이었다. (나중에 검색해 보니 아주 옛날부터 국제 육상 경기 어쩌고의 규정에 따라 모든 트랙 경기는 반시계방향으로 달린다고 한다. 이유에 대해서는 심장 위치, 오른손잡이, 지구 자전축에 따른 인간 본능설 등 의견이 분분.)

 유일하게 트랙을 시계 방향으로 도는 핫핑크는 필연적으로 모두와 얼굴을 마주해야 했는데 곧 나와 마주할 차례였다. 씩씩거리는 얼굴이 붉으락푸르락했다. 괜히 눈을 마주쳤다가는 싸움에 휘말리게 될까 봐 시선을 발끝으로 떨구었다. 무사히 지나쳤고, 돌아보니 그녀는 트랙을 벗어나 사라지고 있었다.

―

 다시 바람이 거세게 불기 시작했다. 트랙 위를 걷던 사람들도 한둘씩 트랙을 뜨기 시작했다. 처음 집을 나섰을 때도 바람이 꽤 강하다고 생각했지만, 지금의 바람에 비하면 산들바람 수준인 듯했다. 사는 것이 물론 고단하긴 했지만 죽고 싶지는 않았기 때문에 나도 어서 집으로 돌아가야 했다. 나무들이 세차게 흔들렸다. 나도 세차게 흔들렸다. 바람에 등이 떠밀려 거의 날듯이 앞으로 가기도 하고 바람의 저항에 발을 내딛는 게 힘들어지기도 했다. 캔자스의 도로시가 집째로 오즈로 날아간 것도 터무니없는 것이 아니겠다는 생각과 함께 잘못하면 정말 큰일 나겠다 싶었다. '여자 혼자서, 이 야밤에, 이 날씨에! 무슨 생각이야!' 친구의 외침이 다시 마음을 울렸다. 나는 무슨 생각이었을까?

 아까 혼자 다니던 화려한 털 뭉치가 날아가진 않았을까 잠깐 걱정이 되었지만 내 코가 석자임을 깨닫고 안간힘을 다해 걷고 있는데, 전방 왼쪽 나무 밑에 사람 그림자가 보였다. 체구나 의복이 먼저 봤던 나무 밑의 그림자와 비슷한 것이 동일 인물 같았다. 아까 나를 잔뜩 겁먹게 했던 것이 무색하게 이번에는 하나도 무섭지 않았다. 지금의 나는 자연과 싸움에 몰두하고 있기도 했고, 그는 이 난리에 살겠다고 나무 기둥을 부여잡고 있었기 때문이었다. 자연 앞에 우린 다 똑같은 휴먼 빙(human-being)임을 깨달으니 오히려 동지애가 생겼다.

 이번엔 간간이 얼굴도 보였는데 뺨이 촉촉하게 젖어있는 것이 울기라도 한 것 같았다. 찬찬히 살펴보는데 행색이 제법 준수했다. 트레이닝 복을 입고 있었지만 숨길 수 없는 귀티가 났다. 고가의 트레이닝 복이었다. 키도 훤칠하고, 뭐야 좀 잘생겼잖아? 너무 뚫어져라 봤는지 결국 눈이 마주쳤다. 아아, 촉촉이 젖은 사슴 같은 그의 눈을 보니 아까 경계한 것을 당장 사과하고 싶어졌다. 그가 시선을 떨구고서야 내가 무례할 정도로 빤히 쳐다본 것을 깨달았다. 심장이 다시 쿵덕거렸다. 빠른 심장 박동과는 달리 그를 스쳐 지나가는 순간은 마치 슬로모션 같았다. 그가 내 뒷모습을 보고 있을까 봐 신경이 쓰여 숨도 참은 채로 겨우겨우 걸음을 뗐는데 그때 바람이 얼마나 불었는지, 내가 오징어처럼 걸었는지 어쨌는지 잘 생각이 나지 않는다.

-

 한참을 그렇게 걷다가 천천히 뒤를 돌아봤는데, 그는 또 사라지고 없었다. 어느덧 바람도 잦아들었다. 사슴 같은 훤칠한, 눈가가 촉촉한 잘생긴 남자 사람이라니. 유니콘이라도 본 것 같았다. 가슴은 여전히 쿵덕거리고 있었다.

"빡! 빡빡!"

어디선가 귀에 익은 소리가 들렸다.

"아저씨! 개는 묶고 다니셔야죠!"

멀리서 젊은 남자의 화난 목소리도 들렸다.

"왜 시비야?"

저 멀리 자전거를 타고 있던 중년 남성이 자전거에서 내리면서 역정을 냈다. 옆에는 아까 보았던 화려한 털 뭉치가 있었고, 아저씨를 거들 듯 빡빡 짖어댔다. 아까의 거센 바람에 날아가지 않고 용케 용

맹을 뽐내고 있는 것을 보니 한편으로는 마음이 놓였지만, 여전히 사람들을 겁주고 있는 모습을 보니 눈살이 찌푸려졌다.

강아지의 보호자로 보이는 남성의 자전거는 강아지와 같은 재질의 LED가 번쩍이고 있었고 핸들에 달린 라디오에서는 구성진 트로트가 커다랗게 흘러나오고 있었다.

"아저씨 개가 지금 저한테 달려들려고 했잖아요."

"그래서 내 새끼가 물었어?"

"빡!"

"물 수도 있으니까 묶고 다니셔야죠."

"내 새끼는 사람 안 물어!"

"빡빡!"

아저씨가 젊은 남자를 밀쳤다. 싸우는 곳을 가로질러 갔다가 나도 봉변을 당할까 봐 걸음 속도를 늦추고 상황을 살펴보기로 했다.

"지금 저 밀치셨어요?"

"으익, 니가 내 새끼한테 먼저 시비 걸었잖아!"

아저씨가 젊은 남자의 멱살을 잡아채며 위협했고 젊은 남자는 경찰을 부르겠다며 품속에서 전화기를 꺼냈다.

"불러라 불러! 어이구, 사내새끼가 쪼

그마한 강아지 보고 쫄아서는."

 아저씨는 자전거에 올라탔고 페달을 세게 밟았다. 빠른 속도로 시야에서 멀어지던 아저씨는 '쫑이야 저놈 새끼 물어뿌라!'라는 말을 마지막으로 시야에서 완전히 사라졌다. 강아지 '쫑이'도 자전거와 속도를 맞추며 아주 빠르게 사라졌다. 둘의 호흡은, 최고였다.

 홀로 남은 젊은이와 나는 눈이 마주쳤는데 서로 어깨를 으쓱, 했고 각자 가던 길을 갔다. 편을 들어줬어야 했던 걸까? 꼬리뼈가 아련히 얼얼했다.

-

오늘의 운세를 믿지도, 보지도 않지만, 오늘은 일진이 매우 사나웠다. 아직은 운이 좋아 싸움에 휘말리지 않았지 조금만 더 밖에 있었다가는 내가 싸움의 중심에 있게 될 것 같았다. 그저 집에 무사히 도착하기만을 바랐다.

  바람도 슬슬 다시 시동을 걸었다. 차츰 세어지는 바람에 나무들은 그냥 가지들을 떨어뜨렸다. 바람의 농간에 놀아날 대로 놀아난 나무들은 흔들리는 것도 포기한 듯했다.

  공원 한편에 달려있던 현수막(비둘기에게 먹이를…….)도 한쪽 귀퉁이의 고정 끈이 풀렸는지 꼴사납게 휘날렸다. 또 다른 현수막(공원 내 음주·흡연 및 고성방가.......)은 한쪽이 아주 완벽히 떨어져 고정되어있어야 할 부목이 위협적으로 날아다녔다. 잘못하다간 머리통을 후려 맞을 것 같았다. 나뭇가지와 현수막의 콜라보로 귀갓길은 더욱 험난해졌다. 번뇌를 다스리려 나왔다가 이승을 하직할 지경이었다.

 순간, 눈앞이 하얘졌다. 무언가 나를 감쌌다. 나무의 잔가지들이 후드득 내 위로 떨어지는 것이 느껴졌다. 곧이어 위에서 우지끈, 하는 소리가 났지만 어디로 피해야 하는지 엄두가 나지 않았다. 엉거주춤 얼어있는 나를 누군가 세게 밀쳤고 둔탁한 소리와 함께 악- 하는 비명소리가 났다.

나를 감싸고 있던 것을 서둘러 걷어냈다. 고성방가를 금지하는 현수막이었다. 내 발치에는 제법 굵은 나뭇가지가 뒹굴고 있고 그 나무의 끝에는, 세상에, 사람이 쓰러져 있었다!

"괜찮으세요?"

머리를 감싸고 신음하고 있는 사람에게로 뛰어갔다. 머리를 감싸 쥔 손에서는 빨간 피가 묻어나왔다. 급한 대로 손에 쥔 현수막으로 지혈을 도우려고 했는데 그 사람은 괜찮아요, 하며 몸을 일으켰다. 이마를 따라 흐르던 핏물은 코를 지나 턱에 고였는데 방울이 되어 떨어지지는 않았다. 그렇게 큰 출혈은 아닌 모양이었다.

얼굴의 핏물을 훔치며 나와 눈이 마주친 사람은, 아까 보았던 유니콘이었다. 나는 이번 사고로 마음이 몹시 놀란 상태였는데 첫째로 현수막과 나무가 내 코앞에 떨어졌다는 사실에 놀랐고, 둘째로는 나를 구해준 사람이 유니콘인 것에 놀랐다.

하지만 역시, 가까이서 보니 더 빛나는 유니콘의 미모에 가장 놀랐던 것 같다.

뭐지 이 미남은?

-

　내 생명의 은인인 유니콘과 나는 겨우 공원을 벗어났다. 바람은 얄밉게도 언제 그랬냐는 듯 잔잔해져 있었다. 잘생긴 사람에게 면역이 없는 나는 사건 현장에서부터 여기 올 때까지 유니콘에게 그럴싸한 감사도 표하지 못했다. 쿵덕거리는 심장 소리를 들키지 않으려고 부러 쿵쾅쿵쾅 걷기만 했다. 그나마 공원 출구라는 같은 목적지 덕에 여태껏 같이 걸어올 수 있었는데 이제 공원을 벗어나 버렸다. 용기가 필요했다.

"저기요."

히익, 말을 먼저 건 것은 유니콘이었다.

"무릎 까지신 것 같은데 괜찮으세요?"

이제 보니 내 무릎은 엉망이었다. 아까 유니콘이 밀칠 때 무릎부터 착지한 모양이었다.

"핫, 괜찮아요. 그나저나 그쪽 이마도 약은 좀 바르셔야겠어요. 제가 저기 편의점 가서 연고 좀 사 올게요."

"네? 무릎도 안 괜찮아 보이는데, 제가 사 올게요."

"아니요, 제가."

"제가."

제가를 반복하며 앞서거니 뒤서거니 결국 편의점에 같이 도착해버렸다. 반창고와 연고도 누가 사는 가로 옥신각신하다가 결국 유니콘께서 결제해버리는 바람에 나는 편의점에 있는 음료를 샀다. 나의 은인에게 어떻게든 감사를 표현하고 싶었다.

편의점 창가에 나란히 앉은 우리는 각자 상처에 연고를 발랐다. 뭘 좋아할지 몰라 이것저것 골라서 사 온 음료를 전부 내밀었다. 유니콘의 표정은 아리송했다.

"아까 구해주셔서 감사해요."

음료를 내밀며 드디어 감사를 표했다.

잘생긴 얼굴도 계속 봤더니 좀 익숙해지는 것 같았다. 심장 소리도 쿵덕에서 콩닥이 되었다. 그는 고개를 갸웃하면서 많은 음료 중 바나나 우유를 하나 골라가며 말했다.

"구해주다니요?"

"아까 저 구해주셨잖아요?"

"제가요?"

"아?"

안면

그에게서 들은 사건의 전말은 이랬다.

그는 바람이 다시 심해질까 봐 필사적으로 공원 출구를 찾고 있었는데 다급히 다니다가 그만 돌부리에 발이 걸렸다고 했다. 앞으로 넘어지는데, 마침 앞에 있던 행인(현수막을 뒤집어쓴)이 보여 지푸라기라도 잡는 심정으로 손을 뻗은 것이 그 행인(무고한)을 밀치게 된 것이었다.

행인(나!)이 철푸덕 넘어지고, 자기도 결국 넘어졌는데 그 순간 하늘에서 무언가가 떨어져 잠깐 눈앞이 아득해졌단다. 정신 차려보니 무릎이 만신창이가 된 사람이 자기 쪽으로 뛰어오는데 복수하러 오는 줄 알고 도망갈 뻔했다고…….

"그래도 나 때문에 넘어지셨는데 차마 도망갈 수가 없었어요. 사과는 드리는 게 사람 된 도리죠."

"그럼, 왜 그때 바로 사과하지 않으셨어요?"

"너무 화나 보이셔서 무서웠어요. 그리고......"

고마움과 죄송함과 걱정을 담은 내 눈빛이 무서웠다니! 잘생겨서 잠시 눈을 떼지 못하긴 했지만, 심장이 좀 쿵덕거려 쿵쾅거리며 걷기는 했지만, 내가 무서웠다니!

"조금 부끄럽더라고요."

"...네?"

"아까, 저 울고 있는 거 보셨잖아요. 우는 것도 들켰는데 꼴사납게 넘어지는 모습도 보여서. 너무 창피했어요. 우물쭈물하다가 사과가 늦었네요. 다치게 해서, 미안해요."

멋쩍게 웃으며 진정성 있는 사과를 하는 잘생긴 유니콘의 얼굴을 보니 그의 이마의 상처보다 내 무릎의 상처가 훨씬 심하다는 사실 정도는 모른 척 넘어가 줄 수 있을 것 같았다. 뭐, 연고랑 반창고도 사줬으니까.

-

창 너머로 보이는 나무들이 잠잠해졌다. 이제 안전하게 집으로 돌아갈 수 있을 것 같았지만 이 유니콘과 조금 더 대화하고 싶었다. 아까 눈가가 촉촉한 미남을 보고 '미남'에 집중하느라 미처 궁금해하지 못했던 '눈가가 촉촉한' 이유가 궁금했다.

"혹시, 왜 울고 계셨는지 여쭤봐도 돼요?"

"지이잉"

때마침 그의 휴대전화가 울렸다.

"그건"

"지이이이이잉"

"제가"

"지이이이이잉"

신경질적으로 울리는 그의 휴대전화 액정에는 '내사랑'이라는 이름이 떠있었다. 훤칠하고 잘생긴, 고가의 트레이닝복을 입고 있는 남자에게 애인이 있는 것이 놀라울 일은 아니지만, 강풍에 울면서 나무를 붙잡고 있던 모습, 돌부리에 걸려 넘어지는 모습이 차례로 떠올라 나는, 실례지만, 조금은 놀라고 말았다.

전화를 받아보라는 내 말에 그는 전화를 거절하며 고개를 저었다. 더 묻지 않아도 아까 왜 울었는지 조금은 알 것 같앉다. 다시 눈가가 촉촉해지려는 그를 보며 측은지심이 생겨 남아있는 음료들을 그에게 내밀었고 그는 말없이 초코 우유를 골랐다. 집요하게 다시 울리던 그의 전화는 열 번 정도 거절하고서야 잠잠해졌다.

"지이이잉"

잠잠해진 줄 알았는데! 아, 이번엔 내 전화였다. 친구였다.

"여보세요."

"어, 아까는 미안. 나 좀 일이 있어서. 아직 해결된 건 아닌데....... 너 걱정돼서 먼저 전화해봤어. 무사해? 아까 바람 엄청 불었다던데."

꼬리뼈와 무릎이 시큰시큰했지만 일단은 무사하다고 대답했다.

"아까는 전화 왜 했어?"

친구의 질문에 잠시 머리가 멍해졌다. 내가 왜 전화했더라?

아련

띨…띨 띨.

어느새 이렇게 아득한 단어가 되어버렸는지. 낮에 들었던 모욕적인 언행은 더는 내게 아무런 영향을 주지 않는 것이 되어있었다. 그러니까 그건 아무래도 좋았다. 지금은 친구의 미해결된 문제가 더욱 내 일처럼 느껴졌다.

"나는 별거 아니었어. 그나저나 너는 무슨 일이야? 괜찮아?"

"야, 말도 마라. 나 집 앞에서 직장 선배랑 같이 있는 거 보고 남친이 오해를 해가지고. 이 밤에, 이 날씨에 뛰쳐나갔다니까! 전화를 자꾸 안 받네. 어디서 뭘 하는 건지."

최근 친구는 돈 많고 잘생긴 남자를 만난다고 자랑했다. 오가며 자기네 부모님과 남자친구가 안면을 텄는데, 부모님도 썩 마음에 들어 하신다며 신이 나서 떠들었었다. 다음 주쯤에는 내게도 소개해주기로 약속했는데, 5성급 호텔 레스토랑 데리고 가준다고.......

"어머, 찾아서 오해 풀어야 하는 거 아니야?"

"지금 엄마랑 아빠가 찾아보고 있어. 공원 쪽으로 간 것 같은데."

"어서 찾아야겠다. 나 곧 집에 갈 거니까 들어가서 톡 할게. 너도 오해 잘 풀고 연락해줘."

"그래. 나 남친한테 다시 전화해봐야겠다. 끊을게."

친구와 전화를 끊었다. 잘생긴 유니콘은 옆에서 멍하니 초코우유를 홀짝홀짝 마시고 있었다.

"지이잉"

다시 그의 전화가 울리기 시작했다. 친구와 통화 중일 땐 잠잠하던 전화가, 내가 끊자마자 다시 울리다니. 타이밍이 조금, 이상하네.

-

"지이잉"

내 옆에서 초코우유를 먹고 있는 이 유니콘은, 미남이다. 고가의 트레이닝복을 입고 있다. 어딘가 귀티가 난다 했더니 지니고 있는 장신구도 모두 황금빛으로 블링블링 했다(미모에 가려져서 미처 눈치채지 못했다).

"지이잉"

친구의 집은 이 공원과 가깝다. 친구의 남자친구는 이 공원에 있을 것이다.

"지이잉"

끊임없이 울리는 전화 진동 소리와 생

각들이 뒤섞여 머리가 아파오려고 하는데, 편의점 유리창 너머로 이곳을 손가락질하며 다가오는 사람이 보였다. 핫핑크 티셔츠가 눈에 띄었다. 어느새 거세진 바람에 핫핑크 티셔츠가 심하게 펄럭였다. 구면인 그녀는 편의점으로 들어와서 우리에게 다가왔다.

"어휴 찾았네, 찾았어! 한참 찾았잖아."

유니콘은 엉거주춤 인사를 했다.

"네 맘대로 오해하고 그렇게 사라지면 어떡해. 어휴, 우리 딸내미가 아주 그냥 놀래서 얼굴이 하얗게 됐다니까. 가만 있어보자. 어어, 여보. 찾았어. 여기 앞에 세븐일레븐. 응, 이쪽으로 와요."

핫핑크는 '여보'와 통화를 했고 그 여보가 누구인지는 곧 알 수 있었다.

  -

  한층 더 거세진 바람을 뚫고 커다란 LED와 작은 LED가 마치 한 몸인 것처럼 빠르게 편의점으로 다가왔다. 멀리서도 빵빵 거리는 소리가 들리는 듯했다.

  구면인 그는 LED로 꾸며진 자전거를 세워두고 편의점으로 들어왔고 화려한 털뭉치 '쫑이'도 그를 뒤따랐다.

  유니콘은 다시 엉거주춤 인사를 했다.

"으익, 자네! 그렇게 오해하면 어떡하나? 딸내미랑 집 앞에서 손잡고 있던 사람은 우리 애 사촌 오빠 되는 사람인데 말이야."

"빤빤"

"어, 어어, 그래. 니 남친 찾았어. 여기 앞에 세븐일레븐. 응, 아빠랑 쫑이도 와있어. 너도 어서 와서 얘기 좀 해봐라, 얘."

"빤"

요절복통 세 사람(+한 마리)의 재회에 유니콘은 말이 없었다. 핫핑크 티셔츠와 LED 자전거 부부의 딸이자 유니콘의 여자친구인 '내사랑'도 재회에 곧 합류할 모양이었다. 나는 그들과 좀 거리를 두었다.

-

친구는 아까의 통화에서, 남자친구가 자신이 직장 선배와 집 앞에 있는걸 보고 오해해서 뛰쳐나갔다고 했다.

핫핑크 티셔츠와 LED 자전거 부부는 자기 딸과 집 앞에서 손을 잡고 있던 것은 사촌 오빠라고 유니콘에게 해명했다.

둘 다 진실을 말하는 거라면, 이 유니콘이 내 친구의 남자친구일 수는 없다.

이 부부가 내 친구의 부모일 수 없다. 하지만 누군가 거짓말을 하는 거라면?

 부부는 끊임없이 유니콘에게 오해를 풀라고 했고, 유니콘은 여전히 말이 없었다. 어느덧 바람은 공원을 날려버릴 기세로 불고 있다. 여자 혼자서, 이 야밤에, 이 날씨에 나오다니. 나는 역시 띨띨한 게 맞을지도 모르겠다.

 멀리서 '내사랑'으로 추정되는 젊은 여성이 다가왔다. 거센 바람에 몸이 휘청휘청하면서도 성큼성큼 이쪽으로 왔다. 어둠 속에 어른거리는 실루엣이 어딘가 익숙한 듯 아닌 듯. 편의점에 들어오는 그 여자와 눈이 마주쳤다.

작가의 딸

작가의 말

정말로 글이 쓰고 싶었는데 한편으로는 너무너무 쓰고 싶지 않은거에요. 재능이 없는 것을 깨닫고 싶지 않았던 것 같아요. 재능이 있을지도 모르는 상태로 있는게 좋더라구요.

그래도 글을 쓰고 싶은 마음을 달래러 나락서점에서 글쓰기 모임을 하는데 재능의 여부는 모르겠지만, 적어도 글 쓰는게 재밌다는 사실만큼은 명확해졌습니다. 나 하나 재밌자고 쓴 글이 이렇게 인쇄물로 나와도 되나 걱정도 됩니다만 이

왕 이렇게 된거 널리 재밌게 읽혔으면 좋겠습니다.

주로 일상 생활을 하면서 보고 겪었던 것을 바탕으로 글을 썼습니다. 물론 겪은게 아닌 것도 있고, 겪은게 아니었으면 하는 것도 있고…

<운수 좋은 날>은 20대 초반에 처음으로 완성한 짧은 글입니다. 그 외의 글들은 모두 지난 1년간 나락서점에서 써온 글입니다. 글 쓸때는 몰랐는데 <운수 좋은 날>을 다시 찬찬히 살펴보니 지금 문체가 좀 많이 시니컬해졌네요. 10여년의 세월동안 제게 무슨 일이 벌어진건지 모르겠습니다. 그저 직장 생활을 열심히

하고 있었을 뿐인데요.

그 당시의 나에게는 인간 관계에서 오는 힘듦보다 생리현상과 관련한 위기가 더 급박했던 것 같습니다.

<ㅅㅅ>은 아주 짧은 시간에 완성한 글입니다. 의도를 가지고 쓴 것은 아니고 그냥 의식의 흐름대로 썼어요. 그러니 그냥 읽혀지는 대로 읽어주셨으면 좋겠습니다.

그래서 시옷시옷은 무엇이었을까요? <u>ㅎㅎ</u>

<남피끼>와 <공원>을 통해서는 제가 직간접적으로 겪었던 억울하고 불

합리한 상황에 대해 해소하고 싶었어요. 공감능력이 부족해 남에게 피해를 끼치는 사람들에 대해 욕도 좀 하고, 면전에다 대고 하지 못했던 말들을 글로 풀면서 억울함을 풀어 봅니다. 실제로 변하는 것은 없겠지만 그냥 제 마음이 괜찮잖아요. 그런데 저도 누군가에게는 민폐를 끼치고 있을지도 모르니까 그만 말을 아껴야겠어요.

    상냥한 사람들은 모두 행복했으면 좋겠습니다. 모두 건강하세요.

이생글 소설집 『ㅅㅅ』

1판 1쇄 발행일 2021년 8월 15일

지은이 이생글
발행인 박미은
발행처 나락
출판등록 2019년 4월 3일 제2019-00004호
메일 saobooks@gmail.com
디자인 박미은

독립출판사 나락은
나락서점의 출판 브랜드입니다.

ⓒnarakbookshop
ISBN 979-11-966831-7-7 [00810]

* 이 책은 저작권법에 따라 보호를 받는 저작물이므로
  무단 전제와 무단 복제를 금합니다.
* 이 책의 전부 또는 일부를 이용하려면
  반드시 저자와 독립출판사 나락의 동의를 받아야 합니다.